I0684112

CATALOGUE

D'UNE COLLECTION

D'ANTIQUITÉS

VASES GRECS PEINTS

Statuettes, Bustes & Fragments en terre cuite,

Belles Sculptures en marbres antiques.

PROVENANT DU CABINET DE FEU M. DE L...

Et quelques Pierres gravées & Camées

DONT LA VENTE SERA LIEU

HOTEL DES VENTES, RUE DROUOT N. 5,

Salle n° 1

Le Jeudi 20 Mars 1856, à une heure.

Par le ministère de M⁰ **POUCHET**, Commissaire-Priseur,
Successeur de M. **RIDEL**,
rue Saint-Honoré, 217 (ancien 333),
Assisté de M. **ROUSSEL**, Expert, rue Neuve de l'Université, 5,
chez lesquels se distribue le présent catalogue

EXPOSITION PUBLIQUE

Le Mercredi 19 Mars 1856, de midi à cinq heures.

EN LA SALLE N° 5 BIS.

PARIS

MAULDE & RENOU

IMPRIMEURS DE LA COMPAGNIE DES COMMISSAIRES-PRISEURS
Rue de Rivoli, 144.

1856.

D. Bauéroui 27. Rue de l'Université

CATALOGUE

D'UNE COLLECTION

D'ANTIQUITÉS

VASES GRECS PEINTS

Statuettes, Bustes & Fragments en terre cuite,

Belles Sculptures en marbres antiques,

PROVENANT DU CABINET DE FEU M. DE L***

Et quelques Pierres gravées & Camées

DONT LA VENTE AURA LIEU

HOTEL DES VENTES, RUE DROUOT N. 5,

Salle n° 4.

Le Jeudi 20 Mars 1856, à une heure.

Par le ministère de Mᵉ **POUCHET**, Commissaire-Priseur,

Successeur de M. **RIDEL**,

rue Saint-Honoré, 217 (ancien 833),

Assisté de M. **ROUSSEL**, Expert, rue Neuve de l'Université, 5,

chez lesquels se distribue le présent catalogue

EXPOSITION PUBLIQUE

Le Mercredi 19 Mars 1856, de midi à cinq heures.

EN LA SALLE N° 5 BIS.

—

1856

DESIGNATION

DES OBJETS

Vases Grecs peints.

1 — Grand vase avec anses à colonnettes, peinture rouge, *Basilicate.* Bacchus tenant un thyrse se retourne vers une ménade drapée qui lui présente une coupe chargée de fruits, en avant du Dieu un satyre portant deux vases, au revers trois éphèbes. h. 48 c.

2 — Grand vase de même fabrique, peinture rouge, sujet héroïque. Jeune homme debout devant un cippe tient une lance de la main gauche; une jeune femme debout lui présente une coupe chargée de fruits, au revers trois figures. h. 59 c.

3 — Vase à deux anses, *Basilicate,* peinture rouge rehaussée de blanc, sujet héroïque. Jeune vainqueur aux jeux olympiques. h. 45 c.

4 — Vase à deux anses tordues, *Nola,* peinture rouge. Sujet héroïque, de grand style, trois figures. h. 41 c.

5 — Vases à deux anses, *Vulci,* peinture noire.

Un quadrige, au revers trois figures. h. 38 c.

6 — Grand vase à deux anses, à têtes de cygnes et ornées de têtes de gorgones en relief, *Basilicate*, peinture rouge et blanche. Jeune homme sous un portique à colonnes. h. 47 c.

7 — Vase à deux anses, *Vulci*, peinture noire. Quadrige, au revers deux soldats entre deux augures. h. 31 c.

8 — Vase à deux anses, *Vulci*, peinture noire. Sujets bachiques. h. 30 c.

9 — Vase à trois anses, *Basilicate*, peinture rouge et blanche. Femme debout tenant une couronne et une autre femme assise sur un rocher. h. 32 c.

10 — Vase à deux anses, *Basilicate*, peinture rouge. Génie ailé assis sur un rocher, au revers deux figures. h. 31 c.

11 — Vase à deux anses, *Basilicate*, peinture rouge et blanche. Amazone combattant un griffon. h. 22 c.

12 — Vase à deux anses, *Basilicate*, peinture rouge. Génie hermaphrodite assis, au revers une femme debout tenant une coupe. h. 25 c.

13 — Vase à deux anses surélevées et couvercle, *Basilicate*, peinture rouge. Génie hermaphrodite ailé debout. h. 35 c.

14 — Vase à deux anses, *Nola*, peinture rouge. Deux femmes drapées tenant des tympanums, au revers deux éphèbes. h. 24 c.

15 — Lecythus, *Grande-Grèce*, peinture noire.

Trois amazones vêtues de tuniques courtes et armées de casques et de lances, s'avancent vers une quatrième amazone qui sonne de la trompette. h. 32 c.

16 — Vase à une anse, *Basilicate*, peinture rouge. Femme tenant un coffret, au revers un éphèbe. h. 42 c.

17 — *Grande-Grèce*, peinture noire, sujet héroïque. Hercule combattant une amazone en présence de Minerve et de Mars; ce vase porte une inscription grecque. h. 30 c.

18 — Vase à une anse, ouverture à trèfle, *Grande-Grèce*, peinture noire. Hercule et le taureau, avec inscription grecque. h. 27 c.

19 — Lecythus, fond blanc, à peinture noire et rouge. Un cavalier entre deux personnages assis. h. 22 c.

20 — Lecythus, à fond blanc, peinture noire, avec inscription grecque. Personnage jouant de la double flûte entre deux guerriers armés de casques et de lances. h. 24 c.

21 — Vase à une anse, *Basilicate*, peinture rouge. Génie ailé tenant un coffret. h. 16 c.

22 — Vase de même forme et de même fabrique. Femme assise tenant un flabellum. h. 17 c.

23 — Vase à trois anses, *Basilicate*, peinture rouge. Femme assise tenant un plat chargé de fruits. h. 21 c.

24 — Autre vase de même forme et fabrique. Génie ailé, devant lui une femme debout. h. 27 c.

25 — Vase à anse surélevée et goulot, *Basilicate*,

peinture rouge. Génie hermaphrodite assis tenant un flabellum. h. 19 c.

26 — Deux vases dit préfériculum, *Nola*, peinture rouge. Des joueurs de ballons. h. 17 c.

27 — Lecythus, *Nola*, peinture rouge. Une femme drapée marchant à droite, tournant la tête à gauche. 15 c.

28 — Lecythus, *Nola*, peinture noire. Sujet héroïque. h. 16 c.

29 — Deux petits lecythus. *Nola*, peinture rouge sur l'un, un génie volant sur l'autre. Un génie accroupi. h. 11 c.

30 — Trois petits vases à une anse, *Nola*, peinture rouge; sur l'un un canard, sur les deux autres des enfants jouant. h. 7 c.

31 — Vase plat, en forme de lampe, *Nola*, peinture rouge. 2 sphinx, 2 lapins et un lion. D. 41 c.

32 — Vase de même forme, *Nola*, peinture rouge. Deux sangliers. d. 9 c.

33 — Vase de même forme, *Nola*, peinture rouge. Un bouc et un lévrier. d. 10 c.

34 — Vase de même forme, *Nola*, peinture rouge. Un sphinx et un chien. d. 9 c.

35 — Rhyton, *Basilicate*, peinture rouge. Tête de taureau; sur le col un génie hermaphrodite près d'un cippe. h. 17 c.

36 — Vase formé d'un buste de femme, *Vulci*. La tête surmontée d'un goulot à trèfle, avec anse. h. 17 c.

37 — Deux coupes à deux anses, *Nola*, peinture rouge; sur l'une une femme drapée, sur

l'autre un jeune homme tenant un oiseau.

38 — Grande coupe à deux anses, *Basilicate*, peinture rouge. Femme assise tenant un coffret ouvert et un tympanum. d. 32 c.

39 — Coupe à deux anses, *Grande-Grèce*, peinture rouge, intérieur. Un centaure tenant une branche d'arbre et la peau de lion, extérieur trois éphèbes drapés de chaque côté. d. 29 c.

40 — Coupe à deux anses, peinture noire. Figure assise entre deux palmettes, d. 19 c.

41 — Deux vases, forme de jambes humaines chaussées de brodequins.

42 — Deux pieds de coupe, peinture rouge; sur l'un un cavalier, sur l'autre deux personnages debout.

43 — Deux petits vases à une anse, peinture rouge; sur l'un un jeune homme debout devant un cippe, sur l'autre un génie hermaphrodite. h. 10 c.

44 — Vase à une anse. Manière phénicienne, peinture noire et violette. Deux rangs d'animaux. h. 22 c.

45 — Deux vases noirs à une anse. Ouvertures à trèfle, ornés de guirlandes et de masques scéniques peints en blanc.

46 — Vase noir à deux anses. Buste de femme et ornements, peints en blanc. h. 21 c.

47 — Vase, forme bouteille, peinture blanche. Génie ailé assis jouant de la double flûte. h. 18 c.

48 — Deux vases, de formes variées, ornements peints en blanc.

49 — Deux petits vases noirs de formes variées.

50 — Vase noir à panse cannelée et deux anses. h. 22 c.

51 — Deux petits vases à une anse; l'un orné d'une figure, l'autre à réseau noir.

52 — Coupe noire de *Nola*, à deux anses et couvercle. d. 18 c.

53 — Deux coupes noires à deux anses. d. 15 c.

54 — Deux vases noirs à anse, dont un avec couvercle.

55 — Deux vases à une anse avec ornements blancs, et deux autres à cannelures.

56 — Quatre petits vases de formes variées.

57 — Quatre vases et coupes, formes variées.

58 — Vase, forme de lampe, à une anse et goulot, médaillon en relief, noir uni.

59 — Deux autres de même forme, avec mascarons, têtes de gorgone en relief.

60 — Deux autres; l'un avec mascaron en relief, et l'autre orné de cannelures.

Terres cuites.

61 — Trois statuettes, dont deux femmes drapées et un jeune homme nu.

62 — Buste d'un jeune homme.

63 — Masque scénique couronné de pampres et une tête de génie.

64 — Quatre fragments de bas-reliefs.

65 — Bas-relief fragmenté, représentant un portique où sont plusieurs figures, parmi lesquelles on remarque celle d'Hercule.

Sculptures en marbres antiques.

66 — Beau buste de Jupiter, en marbre de Paros, sur fût de colonne, en marbre brocatelle.

67 — Deux bustes, satyre barbu et bacchante couronnée de pampres.

68 — Beau fragment d'une statue de Diane, en marbre pentélique; les draperies sont du plus beau style. Rapporté de Grèce par M. le comte de Choiseul Gouffier. h. 57 c.

69 — Buste de Julie, fille de Titus, marbre blanc, trouvé à Rome par le général Miollis.

70 — Buste iconique, en marbre blanc, piédouche en rouge antique.

71 — Buste d'enfant non terminé, en marbre blanc, attribué à Germain Pilon.

Pierres gravées.

72 — Intaille sur cornaline. Amour brûlant un papillon, monté en bague d'or.

73 — Cornaline avec intaille sur les deux faces. Bustes casqués, bague à chaton tournant.

74 — Intaille sur cornaline, signée Pikler. Tête d'Antinoüs, bague à chaton tournant.

75 — Intaille sur cornaline. Tête de Jupiter, bague.

76 — Intaille sur cornaline, bague.

77 — Intaille sur sardoine. Buste d'homme, bague.

78 — Intaille sur cornaline. Buste de Louis XV, bague.

79 — Intaille sur nicolot. Un vase, bague.

80 — Calcédoine blanche, intaille. Buste de femme, bague.

81 — Camée sur agate, deux couches. Mains jointes, bague.

82 — Intaille sur cornaline. Tête d'empereur, bague.

83 — Trois intailles sur cornalines. Deux bustes et un vautour, non montées.

84 — Cinq intailles sur diverses matières, non montées.

85 — Quatre bagues avec intailles sur pâtes antiques.

Maulde et Renou, imprimeurs, de la Compagnie des Commissaires-Priseurs, rue de Rivoli, 144.   9227